살 흐르다

살 흐르다

신달자 시집

민음의 시 203

민음사

여명의 어둠이 아주 조금 엷어지려는 바로 그 순간 저는 버릇처럼 창 앞에 섭니다. 그리고 새아침을 바라봅니다. 그때마다 설렙니다. 어둠과 빛의 분량이 비슷한 그 순간의 어울림은 청색입니다. 거기 나의 안식이 있을 듯도 합니다. 거기 생의 의문과 답이 다 있을 듯도 합니다. 잠시 그 청색은 환해지면서 어둠과 함께 사라집니다. 그리고 밝은 빛이 가득해지지요.

저는 그 청색 빛의 어둠이 사라진다고 생각하지 않고 흐른다는 느낌을 받습니다. 저 청색 빛의 시간이 흘러 저녁의 어둠 속 청색에 가 닿고 그리고 하루는 어둠의 고지를 넘어 다시 아침으로 흐르고 있다고 말입니다. 저도 여기까지 흘러왔습니다. 여러 불순물 때문에 몸과 생각이 다치기도 했으나 지금 여기 서 있습니다. 새 시집 한 권을 들고 무엇인가 민망하고 절박하게 조금은 떨면서 서 있습니다. 그대를 만나면 조금은 환해질 것을 믿으며 말입니다.

2014년 2월
신달자

차 례

1부

내 앞에 비 내리고

밤새 내리고 아침에 내리고 낮을 거쳐 저녁에 또 내리
는 비

적막하다고 한마디 했더니 그래 살아 움직이는 장면을
계속 보여 주는구나

고맙다, 너희들 다 안아 주다가 늙어 버리겠다 몇 줄기
는 연 창으로 들어와

반절 손을 적신다 손을 적시는데 등이 따스하다

죽 죽 죽 줄 줄 줄 비는 엄마 심부름처럼 다른 사람에게
는 내리지 않고

춤추듯 노래하듯 긴 영화를 돌리고 있다 엄마 한잔할
때 부르던 가락 닮았다

큰 소리도 아니고 추적추적 혼잣말처럼 오르락내리락하
는 비

이젠 됐다라고 말하려다 꿀꺽 삼킨다 저 움직이는 비바
람이 뚝 그치는

그다음의 고요를 무엇이라고 말할 준비가 되어 있지 않
다 표현이 막막하다.

살 흐르다

거실에서는 소리의 입자들이 내리고 있다
살 흐르는 소리가 살 살 내리고 있다
30년 된 나무 의자도 모서리가 닳았다
300년 된 옛 책장은 온몸이 으깨어져 있다
그 살들 한마디 말없이 사라져 갔다
살 살 솰 솰 그 소리에 손 흔들어 주지 못했다
소리의 고요로 고요의 소리로 흘러갔을 것이다
조금씩 실어 나르는 손이 있다
멀리 갔는가
사라지는 것들의 세계가 어느 흰빛 마을을 이루고 있
을 것

거기 가늘가늘 소리 들린다

다 닳는다

다 흐른다

이 밤 고요히 자신의 살을 함께 내리고 있다.

스며라 청색

여명 속 어둠 한 스푼을
흰 쟁반에 살짝 놓으니
새벽 속살이 엷은 청색으로 살살 흐르더라
아슬아슬 쟁반에 차오르더라

그 빛!

모닝커피에 달달하게 스며들면
굳은 것들 자근자근 풀리고
새잎 돋우는 나무의 첫인사도 솔솔 들리면서
보이면서
온몸을 따스히 흐르다 차오르더라

어둠은 빛을 깊이 안고
하루를 걸어가는데
그 고단함을 견디느라 힘 꽉 주면
그때 살아나더라 진한 청색으로 불끈 일어나더라.

불 지르다

누가 사탕을 서서히 빨아 먹는가
넣자마자 이빨 사이에 세워 놓고 와장창 꽝 깨물어야 하
는 거지
단물보다는 파괴력이다 오래 빠는 근성을 냅다 눕혀 짓
밟고
천둥처럼 쾅! 세상을 가르는 일이다 바로 내가 두 쪽이
나고
산산이 부서지고 다시 잔 알갱이까지 깨물어 짓이기는
것이지
무슨 산이 무너지고 이름 없는 강도 갈라지고
와장창 깨무는 이빨 어느 가슴팍에 자국을 내는 것인데
누가 내 이빨 사이에서 박살 나 주겠는가 거친 생을 깨
무는
거친 생을 둥근 슬픔 하나로 세우는 일
장미꽃을 세우지 마, 차라리 가시를 세워
잔인하게 발포를 하듯 불을 지르면
사정 보지 않고 쫘당탕 쳐부수는 쾌감
지구 하나 내 이빨 사이에서 가루가 되면
그 단물의 피까지 온전히 쪽 들이키겠다.

가정백반

집 앞 상가에서 가정백반을 먹는다
가정백반은 집에 없고
상가 건물 지하 남원집에 있는데
집 밥 같은 가정백반은 집 아닌 남원집에 있는데
집에는 가정이 없나
밥이 없으니 가정이 없나?
혼자 먹는 가정백반
남원집 옆 24시간 편의점에서도 파나?
꾸역꾸역 가정백반을 넘기고
기웃기웃 가정으로 돌아가는데

대모산이 엄마처럼 후루룩 콧물을 훌쩍이는 저녁.

10주기(週忌)

바람 서늘한 날 당신 내 무릎 베고 눈감았다

지금 그곳 환한가
흰 뼈가 마지막 빛으로 일어서고
이제야 소리 되지 않았던 속내를 수습하고 있다면 환하리

법원읍 오현리 산 발밑에서 늘 윙윙거렸다
조마조마 지반 흔들리고
서로 헌 진물 모른 척 지나가던 세월
일으킬 수 없는 당신 몸 위에서 내 마흔
옥죄이는 알몸을 허허롭게 비벼 보기도 했지만
당신 가고 나 생각보다 찬란하지 않았어 여보……
쭈뼛
살얼음이 입속에서 어슥어슥 시려서

그렇게 혼자 버석거렸어 여보
같은 우산 받고 시끄럽게 침묵해 온 세월 이제 웃어 주고
긴 수로의 습지에서 건기의 지상에 반짝 서고 싶어
오늘 다시 추억 장례를 치를까

햇살 아래 꼬깃꼬깃 숨죽인 이야기들 꺼내니
그 흔적들 새잎 돋아 가슴께로 뻗어 오고 있어
이런 지루한 인연이 있네 글쎄 100년이 지났어

바람 서늘 서늘한 날
커피 한 잔, 담배 한 개비를 불붙여 놓았네
큰절하고 당신 집 위에 낮게 엎드리니 이게 뭔가
아리아리 들리는 시리고 서러운 촉감
너무 깊어 희디흰 울림 첫날 당신에게 스며들던 그……

딸들의 저녁 식사

우리들은 둘러앉아
옛날의 젊은 엄마들을 반찬으로
저녁을 씹고 있었다

우리들은 모두 엄마가 다르지만
엄마가 겪은 상처와 치욕은 다 같았으므로
서로 "그 엄마"로 불렀다

우리들은 한 남자를 모두 아버지라 부르지만
한때 그 엄마들이 손톱 끝을 세우며 진저리 치며
그리워하던 그 남자의 같은 피를 받았다

그 남자 하나를 온전히 가지지 못해 발광의 가슴을 뜯
으며
허기로 혀를 물었던
우리들의 그 엄마들은
천국에서는 어떻게 살까

딸들이 와르르 웃으며 눈물을 찍어 낸다

저녁이 저물고
고기를 씹던 딸 하나가
"우리 엄마 내 딸로 태어나면 남자 하나 얻어 줄 텐데"
그 말 잇속에 끼어 너풀거리고

새벽까지 한 남자를 기다리던 엄마들의 늙은 딸들이 모
여 앉아
가장 잔혹하고 슬픈 남자 하나
우리들의 아버지를 미워하지 않기로 결정한다
취중이 아니라고 우기면서
갈비 10인분 소주 다섯 병을 비우고
남자 하나에 비루하게 생을 마감한 그 엄마들의 딸들이
자신들의 딸들에게 외할머니는
유관순이었다고 신사임당이었다고 말하자며 중의를 모
았다

엄마가 다르나 어딘가 비슷한 딸들이 와장창 웃을 때
어머나! 젊은 그 엄마들이 모두 치마를 벗은 채
우리들 옆으로 앉는 모습이 보였다 사라졌네.

국물

메루치와 다시마와 무와 양파를 달인 국물로 국수를 만
듭니다
바다의 쓰라린 소식과 들판의 뼈저린 대결이 서로 몸 섞
으며
사람의 혀를 간질이는 맛을 내고 있습니다

바다는 흐르기만 해서 다리가 없고
들판은 뿌리로 버티다가 허리를 다치기도 하지만
피가 졸고 졸고 애가 잦아지고
서로 뒤틀거나 배배 꼬여 증오의 끝을 다 삭인 뒤에야
고요의 맛에 다가옵니다

내 남편이란 인간도 이 국수를 좋아하다가 죽었지요
바다가 되었다가 들판이 되었다가
들판이다가 바다이다가
다 속은 넓었지만 서로 포개지 못하고
포개지 못하는 절망으로 홀로 입술이 짓물러 눈감았지요

상징적으로 메루치와 양파를 섞어 우려낸 국물을 먹으

며 살았습니다

　바다만큼 들판만큼 사랑하는 사이는 아니었지만

　몸을 우리고 마음을 끓여서 겨우 섞어진 국물을 마주
보고 마시는

　그는 내 생의 국물이고 나는 그의 국물이었습니다

헛눈물

슬픔의 이슬도 아니다
아픔의 진물도 아니다
한순간 주르르 흐르는 한줄기 허수아비 눈물

내 나이 돼 봐라
진 곳은 마르고 마른 곳은 젖느니

저 아래 출렁거리던 강물 다 마르고
보송보송 반짝이던 두 눈은 짓무르는데
울렁거리던 암내조차 완전 가신
어둑어둑 어둠 깔리고 저녁놀 발등 퍼질 때
소금기조차 바짝 마른 눈물 한줄기
너 뭐냐?

대화

저건 무슨 대화인가

현관에 신발 두 개가 거꾸로 누운 채 겹쳐 있다

딸 신발이 눕고 그 위로 비스듬히 엄마 신발이 엎드려
있다

숲 속 햇살 아래인 줄 알고 있는가

오솔길 달빛 속인 줄 알고 있는가

오늘의 포옹은 신발이다

창 너머 흐르는 햇살과 중얼중얼

커피를 내리며 중얼중얼

설거지를 하며 혼자 중얼중얼

말해도 안 해도 저려저려

오래전 마음이라는 걸 서로 이식했다

서로 자기 손끝만 아리게 바라보는

내성적인 모녀를 신발이 대신해

엄마가 딸을 안고

딸이 엄마를 업었다고 생각하려 한다

아니다 서로 한순간

두 마음이 신발쯤에서 부딪쳐 부딪쳐

터지는 사랑을 온몸으로 어스러지게 껴안는 것이다

비 온다

몸이 먼저 안다
밤사이 왕주먹이 사정없이 두들기고 갔는지
아침 무지근 몸 천근이다
굵은 비가 도장(道場)에서 울리는 옆차기 구령으로
창을 때리면
몸 깊이 발길 닿는다
코끼리 발인지 말 떼들인지 온몸 밟고 지나간다
살이 다 벗겨 얼얼하다
납작하게 뻗어 지글지글 앓는다
밤 구름 떼가 먼저 밟으면
아침 저 협잡꾼 같은
으르렁거리는 안개 짐승들이 살의를 품고 다가온다

그렇게

비 온다

턱

보라
두 발은 바닥에 닿지 못하고
얼음 수면에 턱걸이를 하며 겨울 보내는
청둥오리들아

땅에 두 발을 내리지 못하고
턱걸이를 하며
이마로 날파람을 격파하며 살아온
한 여자를 보라

하루하루의 철봉대를 내린 적 없이
턱걸이로 살아서인지
저걸 어쩌나 길어진 턱이
오늘
살짝 발밑에 끌린다.

외로움도 스트레칭을 한다

봄이 오는 밤 거위털 꽃이불을 덮었는데 추웠다

거위털 작은 조각들이 갑자기 산 거위 떼가 되어 덮는데
추웠다

푹신푹신한 거위 떼가 침대에서 바닥으로 내려와 비단
한 필로 방을 메웠다

외로움은 온몸의 관절을 펴 수평선처럼 그 끝이 없었다

마당이 모자라 강가 돌밭으로 가 몸을 눕혔다

멈추지 않고 강가 돌밭의 굴곡을 다 메웠다

강을 넘고 황량한 들판으로 가는 걸음이 빨랐다 처소를
넓혔다

비단은 더 몸을 펴 뚝뚝 들에 관절 소리를 내며 퍼졌다
숲에 닿기도 한다 꽃들은 더 왁자하게 피고 새들이 우루
루 하늘을 다 덮었다

그렇다 바닥 끝까지 완벽하게 뻗어 납작하게 얇아졌다

너무 뻗었는지 하얗게 질려 광목 한 필로 누웠다

뼈가 드러나게 바랜 저 흰빛

그 서걱이는 소리를 들었다

고요 속으로

고요도 울렁증이 있어
빈속으로 멀미하듯
고요의 늪에 들면 토악질을 하게 되지

저 여자 외롭다고 말하며 헛구역질하고 있네
내장을 다 들어내었나 속이 너무 비어 어질어질
생의 밑바닥까지 다 넘기고 철철 검은 거품까지 토하고
나면
아는가 그다음에 고요가 다시 오지

적막의 고요에 몸을 다 내어 주면
그때 천지간 빛과 어둠이 비로소 보인다는
그때부터 슬슬 고요가 무섭도록 좋아서
고요에 살이 베이면서
피를 나누고 혀를 나누고
그래서 말인데 옹색한 내 몸을 아주 그 넓은 광야
고요 고요의 빛 속으로 감히 묻고 싶다는……

손

그것을 소리꾼이라 부른다

성대 위로 트럭이라도 지나갔는가
투박한 목소리는 컬컬하고 두툴두툴하다
칼끝으로 저민 듯 몇 번 피를 왁자히 토하고
으윽 거꾸러지기도 했는가
성대가 상해야 맑은 소리가 나온다고
피바람 바람칼이 저벅저벅 밟아야
석삼년 가문 목이 주르르 트인다고
뻘겋게 쏟아 낸 한(恨)보다 꿀꺽 삼킨 소리가 더 많아
죽음은 넘었지만 득음엔 들지 못한

민둥산 황량한 사막을
타박타박
닳은 쇠갈쿠리가

번쩍

달빛에 운다.

씀씀이

어머닌 마음 씀씀이 큰 여자가 되라 했다. 남자 서넛하고도 맞먹는 헌칠한 여자가 되라고. 푸짐하게 주고는 받는 것은 잊어라 했다. 그것이 도량이라고, 살찐 들 같은 여자가 되라고, 남자 서넛 그 마음 합쳐도 달걀 한 개만 하겠냐? 남자 그것들 속은 헛것이니라, 있다 해도 눈꼽만 한 기라 니가 주거라 니가 그 남자의 어른이 되거라 니가 위에 서거라 니가 뜨듯하게 품으라고. 니 자궁에 힘 한번 주면 저 산인들 못 품어 주겠냐, 헤프게 주고도 맘 한쪽 못 받는 니 싯누런 꼬락서니 보니 웃저고리 벗으면 핏물 번졌겠다 에이그그 저 변변치 못한 거!

연분홍빛 풍경

첫딸이 연애를 시작할 때
나까지 세수를 깨끗이 하고
한자리에 가만있지 못하고 참 이상했어
젊은 남자를 보면
저 남자? 이 남자?
상상이라는 참 예쁜 새를 날리며
손이라도 은근히 잡나 내 손끝이 파르르 떨리는데
사람들은 내 볼이
연분홍빛이라고 무슨 일이 있냐고 묻곤 했어

그 딸의 아들이 연애를 한다고 소문날 때쯤
딸은 참 어수선하게도 들락거리며
스마트폰을 집었다 놓고 놓았다 다시 살피는데
아들 방을 종일 왔다리 갔다리 하는
그 딸의 얼굴이 참 희한하게도 즐거운 실연인지
처음 보는 연분홍빛이라는 걸
소리 내어 말하지는 않았다니까.

너의 아침 나의 밤

해가 떠오르나 봐
깊은 밤 밀회처럼 속삭이고 싶어 딸에게 전화를 하면
잠이 묻은 채로 깨어나는 그의 아침이 물컹 잡힌다
무슨 꿈의 부스러기라도 줍고 있는지 깨어나지 못한 꿈을
털어 내는지 더 꿈속에
머물러야 할 일이라도 있는지 아쉬운 듯 음성이 몽롱하다
대한민국 서울 강남구 수서동 낮은 집에서
미국 텍사스 주 오스틴으로 연결된 우리들의 비밀 통로
거기는 아침, 여기는 밤
햇살이 창으로 막 밀려오겠다 너의 거실에 햇살이 출근
하듯
제자리를 차지하고 너에게 아침을 꽃다발처럼 안겨 주
겠다
그 햇살 새처럼 주둥이를 밀고 거실의 어둠 부스러기들
집어
밖으로 물어 내겠다 날개 하나씩 달아 하늘 위로 씽 날
려 보내겠다
나는 너의 아침을 영양 가득 밤 야식으로 맛있게 씹는다
밝고 맑은 아침이 너를 깨우면 창을

열어라 싱싱한 야채 주스를 마시는 너의 아침이 내가 서 있는
밤의 등불이 된다는 것을 그것이 내 아침이라는 것을
그치! 우리는 지금 마주 보고 대화를 하는 중이다

이 눈부신 어둠!

숯

가족사진을 본다.

결혼사진에서 첫아이의 백일사진에서 둘째아이의 돌사진에서 마당 그네 앞에서 찍은 셋째를 밴 남산만 한 배를 가진 임부의 사진에서 아이들 유치원 보내는 설레는 분홍빛들이 꽃송이로 피어 있다.

학부형이 되는 입학식 날 황홀한 웃음소리가 갑자기 뚝 멈추고 익명의 큰 손이 귀싸대기를 때리고 우레 치고 담쟁이덩굴이 손끝에 피를 흘리며 악을 쓰며 담을 넘고 있는 것도 보인다. 사이렌 소리가 위급하게 들리고 웬 사람들이 웅성거리고 젊은 여자 하나가 기절한 듯 쓰러진다. 풍경은 회색에서 흙색으로 급하게 변하고 연일 도시를 휩쓸어 가는 태풍 소식이 그치지 않는다. 귓불에 불이 확 붙고 모든 사진 속으로 타들어 가는데 여기저기 불바다가 되고 마을 산까지 불붙어 나뭇가지들이 뚝뚝 부러지며 활활 타는 냄새가 진동하는데 몇천 도의 불길이 천 개의 해를 짓이겨 놓은 것처럼 끔찍하게 붉다, 참 자그맣고 알찬 숯 공장이다.

빗질

마당만큼은 자신이 쓸어야 한다고 아버지는 새벽 여명 속 잔 어둠부터 쓸기 시작하신다 햇살은 빗질 무늬가 잎으로 꽃으로 피어난 마당 위로 손님처럼 오시는데

아버지는 용케도 햇살은 남기고 허드레만 고스란히 쓸어 내는 비법을 아신다

쓸다 보면 발등의 간밤 근심도 다 쓸어 가듯 환하게 얼굴은 봉숭아빛으로 피어나시는데

그러다가

어깨가 푹 꺾이는
호미 자루나 곡괭이처럼

우리 집 농기구 창고에나 아버지 세워 둬야 할

아버지는 나의 앞길을 쓰느라 안방에 누워 잤지만 그 방은 농기구가 누운 허접쓰레기 창고, 어디면 어떠냐 아버지는 그다음 날 아침에도 휜 등으로 우리 집 마당 드는 햇살들 곱게 내 앞에 오라고 빗질 무늬를 수놓고 계시는데 해는 우리 집부터 늘 먼저 발을 디밀었다.

아버지 가라사대

날 끝이 다 닳은 이 삽을 들어라

보아라가 아니라 들어라고 이 애비가 말하는 것은

이 삽이 하는 말이 너무 길고 우렁차다는 이유이니라

눈을 감고 귀를 열어라

저 아득한 가야의 흙이 가야의 땅이 이 삽과 노래하며

춤추는 소리가

들리리 이 삽은 가야의 흙에 가야의 땅에 제 몸을 헐어

주었느니라

네 할아버지의 할아버지 그 할아버지의 할아버지가 손

수 가야의 철로

두들기고 굽고 다시 두들겨 만든 철의 애비이니라

그 애비의 한 조각을 네 할아버지의 할아버지 그 할아

버지의 할아버지가

내게 주었느니라 그 할아버지들의 몸을 베어 준 그 철의

조각인 삽 하나로

애비는 가야의 흙을 가야의 땅을 갈고 너를 낳았느니라

너는 가야의 씨앗이라는 것을 잊어서는 안 되느니 네 에

미가 수로왕의

자손인 김씨가 아니냐 철의 왕인 수로의 피가 네게 흐른

다는 것을 잊어서는

안 될 일 가야의 자손인 네 에미가 바느질 먹거리 솜씨
가 좋았던 것을 알거니

네 손끝에는 수로족의 성화가 불타오르고 있다는 것을

그래 네 뜨거운 가슴의 불이 바로 가야의 불꽃이라는
것을 잊지 마라

네 에미도 불꽃이었느니 가락국의 중심 김해 김씨 네 에
미의

펄펄 끓는 피를 애비가 너에게 넘기는 이 삽이다

네 혼에 잘 접어 두어라 가야는 지금도 철에 성화를 켜
고 이 시대를 건너고 있느니

들어라 가야의 목소리 지금도 우렁차다

가야의 붉은 피가 흐르는 철의 딸아 듣느냐

잡티

무게도 없이 와서 툭 박히는
이 흑점 무늬들······

그래 무슨 말을 하고 싶은 것인가
오래전에 떠났던 그 상처의 내장들
갈 곳 없어 몸에 척척 걸쳐 앉는구나 저승에서도 영 받
아 주지 않던가
그 상처의 미라들 각자 흩어져 돌아와 그들 처소가 되
는구나
의자가 되어 주는 일 오늘 소일거리다
쫓겨난 슬픈 별이라고 말하며 널 받는다

다친 말들이 절룩거리며 사막을 걸어간다 물속에 빠져
허우적거리다가 가라앉는
혼들의 비명이 무늬로 깔린다 어둑어둑한 긴 그림자 몸
을 오므려 뼛속에 박힌다
누가 보내는 암호들일까 그 상형문자들 복사도 어려우며
해독도 어려운 부호들
잡티가 쫙 깔려 버렸어 옹색한 본색이 무거운 짐을 지고

비틀거리며 걸어가네

오늘도 새롭게 전송된 검은 통신
읽어도 읽어도 내용이 없는
해서
더 난해하게 몸 무늬로 내리박히는 널 저승꽃이 아니라
그냥 별이라 부른다

순두부

아슬아슬하다
손톱 가시 같은
고집 하나도 기르지 못했나
세상이 거칠게 주먹을 질러도
소리 하나 지르지 못하는
소가지도 없는 저 지지리
거절 한 번 하지 못하는
물컹거리는 자의식
그렇게 연한 것이 접시에 담겨
날 잡수시오 하는구나
아이구 저걸 어째!
푹푹 숟가락이 들어가는
순연한 무저항의 저항
스스로 짓이겨지고 뭉개지는
저 여자 누구더라?

벙어리 고모

뒷산 다 무너지듯 천둥 친다
그래 저런 소리였다
선천적 벙어리로 태어나 말 한마디 못 하고 죽은 고모
머리나 얹으라고 씨받이로 홀아비한테 겨우 시집보냈으나
첫날밤에 남자 떠밀고 도망 나와
평생 친정에서 그늘로 살았던 고모
집안 구석구석 고모 손 안 닿는 곳 없어
늘 반들거리는 대문 앞에 내가 서면
만세를 부르듯 뛰어나와 안아 주고 등 어루만져 주던 고모
짐승 같아 도망쳐 달아나면 눈 젖던 고모
천둥 번개를 우르르 우르르 입안에서 쏟아 놓는 고모
우워우워 쿵쿵 쐴쐴
고모 입에서 나오는 천둥 번개를
이제 와 찍어 보니 사랑이었다
고모 칠순 지나고 오래 병 앓으니
아버지 어느 귀신이 저걸 안 잡아가나 탄식했는데
그 탄식도 이제 와 찍어 보니 사랑이었다.

2부

혀 1

단 한마디로
천년 덕을 누리고

단 한마디로
만년 덕을 허무는

벌겋게 독버섯으로
숨어 꿈틀거리는
악덕

하늘의 별을 모두 뭉친
우주 하나를
누구나 하나씩 모시고 있으니

거울이여
오늘은
어느 쪽 볼이 더 붉으신가?

혀 2

밤새 혀가 아파 뒹굴었다

내가 잠든 사이
하루 동안의 말을 자문하며 설거지하고 있었던 것일까

거친 목소리가 숨소리에 가 업히고
그 목소리의 여운이 위로를 기다리며 몸을 뒤척일 때
그 붉은 살점 덩어리가
혼돈의 열을 안고 끙끙 앓았나 보다

태양 이글거리는 낮에 저지른 말들의 뼈
입속을 빠져나가지 못한 말의 혼을 만난 탓이다
늪인지 염전인지
축축하게 열을 견디네

입안은
지금 노역 중
수위 높은 침묵이
뭉툭한 고요 한 덩어리로

말의 빛과
말의 그늘을
순수 살의 진실로 숙성하고 있다.

혀 3

내 혀에는 초미세먼지가 자욱하다
나무 위에서 독수리가 홰를 치며 날아갈 때
주변에 하얗게 미세먼지가 휘날리듯
말할 때마다 그런 눈에 보이지 않는
초미세먼지가 뿌옇게 안개비처럼 내려앉는다

살인적 독설(毒舌)을 뱉을 때
말은 뱉어지고 말의 미세먼지는
혀 위에 독설(毒雪)처럼 쌓이는데
왜 그것이 그리 늘 붉은지
독먼지는 벌겋게 열을 안고 있는지

어쩌다가 너무 따뜻하여 잊혀지지 않는
한마디 응원의 말
그 말을 되짚어 보느라 그것이 그리 붉은지
붉은 멍텅구리야
포악한 말의 소나기에도
미동도 하지 않는 너의 속내를
귀 기울이는 것이 나의 시라고 해야 하나.

혀 4

무엇을 꿀꺽 삼켰나
물질은 보이지 않으나 삼키는 목 안이
부어오르고 있다

나는 말하지 못한 것들이 더 많다
느닷없이 빗방울이 지는 저녁때
오늘은 삼킨 말들 때문에 나에겐 더 폭력적이다

당신은 너무 잘한다고 당신은 그래서 귀하다고

말하지 못한 것들은 내 안에서 썩는다
지난번 검진 때 의사는 비유적으로
과식을 피하라고 했다
폭언은 뱉고 사랑을 삼키는 일은
몸무게를 불렸다
표현하지 않는 사랑은 내 몸에서 얼음이 되는지
그리도 뜨거운 것을 밝히는
내 몸의
깊은 냉기의 이유를 의사도 더듬더듬 침묵으로 넘겼다.

혀 5

식후 30분 복용

약병들의 설명서에 첨부된 내 말의 이력들

입에 발린 말, 선한 말로 비아냥거린 말

더러는 웃으며 말로 귀싸대기 때린 적 있다

육체는 저물고

위독한 혼 하나 묵상의 책상 앞에 꿇어 엎드릴 때

그러다가 꼴깍 해 지고

입안에 촛불 하나 켜네

날 저물어 깊은 저녁

자신에게 친교의 시간으로 몸 낮추면

혀의 기억은 수세기의 발끝에서도 꼼지락거리지
두 손이 헐듯 서로 꽉 잡는데

참회 몇 알
시간 제한 없이 복용.

3부

백색 소리

벼랑이다
최적의 한계까지 밀고 간
최적의 위험 수위 그 끝
숨 쉬지 마라
모든 시간을 멈추고
한 점 순간에 자신을 밀어붙이고
모든 의식의 눈을 감고
한 점 찰나에 소멸하려는 그 순간
하얗게 지워지는
울림
탁 그 줄마저 탁 끊어 버리는 시간
에 환하게 켜지는 소리 소리
그 희고 청명한 백색 소리

칼이 없다

칼을 쓴 지 오래되었다
혼자 살기 시작하면서다

서랍 속에 누운 칼은 칼이 아니다
풀 죽은 날 끝에 항구 하나 철썩이는데
모질게 비 오는 날 혈족이라도 되는지
서랍 안에서 칼의 울음소리 들린다

돌아보면 너무 많은 칼이
스스로 살을 베며 으르렁거렸다

탁탁 내 마흔의 칼은 자르지 못하고는 살지 못했다
돼지갈비나 닭 등짝을 내리치지 않으면
주변 사람들을 살피는 위급한 일이 밤낮으로 이어졌을 터

갈비뼈를 토막 내어도 남는
내 치명의 살의가 꽃불처럼 타오르다
둑처럼 무너져 콸콸 피 흘리다가는
밤의 끝자락과 새벽의 출발점에 떨며 서 있었다

오늘 그 끝 항구에서
고요히 칼집 늙어 삭아 내리는 울음소리도
고요에 눌려 더 파래진 고요 안에서 육탈된
칼의 나이를 들여다보는

한 늙은 여자 속에는
칼이 없다.

저 여자!

수서역 사거리에서 집집마다 요구르트를 배달하고
아침에서 저녁까지 아파트 귀퉁이에 종일 서서
여린 미소로 남은 것들을 팔고 있는
저 여자
길 위에 서 있는데 헤엄을 치고 있는지
두 팔이 엷은 지느러미가 되어 있네
길을 걸어온 것이 아니라 강을 건너왔을까
이미 찢어진 지느러미로 휙 바람을 끌어다가 땀을 닦고
있다
바람하고도 친한지 수서동 시퍼런 바람을 둘둘 말아
주머니에 접어 넣기도 하고 바람 한쪽을 죽 찢어 코를
풀기도 하는데
붉은 콧잔등에 햇살이 앉다가 자신보다 더 뜨거운지 얼
른 일어나
달아나는 것 바라보고 있다

오래 바라보았는지
그녀 목에 굳은살 박였을 것
원하지 않는 것들만 몸 안에 다 남아

서 있는 세월 속에서 신발이 재빠르게 닳고 있네
저녁 무렵 어둠이 비키라는 듯 모퉁이로 다가오면
수레를 조용히 끌고 물속을 헤엄쳐 가는데
가끔씩 바퀴 아래에 허리보다 더 지친 지느러미가 툭툭
걸린다
그녀를 바라보는 것은 늘 여기까지다.

먼 산

겨울 저녁 7시
산이 피곤하다며 다리를 쭉 뻗고 눕는다
바람에도 미동도 하지 않고
지나가는 것은 모두 내버려 두라는 듯
그냥 바라보기만 하라는 듯
머리 밑으로 노을이 잘잘 끓는 듯 불길 일어도
그 순간 그 뜨거움 다 사라지는 것이라고
사라지는 것은 손을 흔들어 주라는 듯
고개를 끄덕여 주라는 듯
종일 사라지는 것들을 위해 낮은 자세로
더 낮아지라고
두 손 비우고 노하지 말라는
아무것도 만져지는 것이 없는 시간조차 기척 없는
그러므로 하루를 잘 벌었다

그러므로

저 먼 산의
겨울 저녁은 밝다.

겨울 만해마을 1

저 소나무 참 무지막지하다
발밑에는 도끼날도 튀어나올 듯
살찐 얼음을 꽉 껴안고
산바람은 천의 칼을 물고
불꽃 혀를 날름거리며 달려들 듯 소스라치고
위로 와자히 매의 눈알 같은 눈발들
맹추위 퍼덕이며 내려 쌓이는데
저 푸르름
여유 있게 너울너울 팔을 흔들기도 하다가
입 탁 닫고 숨 한 번 쉬면
가지 찢어지게 눈발들 쏟아 내기도 하는데
그러면 반짝 눈발 속에서도
하늘을 가까이 이마로 부딪치기도 하는데
땅에 두 발 내린 부처일까
저 여유가 불경의
도(道)라는 것일까

국수 한 가닥 스윽 넘기는 일일까?

겨울 만해마을 2

저 나무에 기대 선 사람
여기까지 온 길이 참 울퉁불퉁했겠다
허리 한 번 쫙 펴고
툭 하고 나무의 어깨를 쳤다
길은 없어도
서 있는 것이
길보다 더 울퉁불퉁한 세월 견딘
나무 몸통이 소스라치며 신음 곡(哭)을 쏟았다
허공의 몸통도 순간 푸드득 푸드득대는 것이
어둠 속에서
서로 세월을 가지고 서로 푸르다 붉으니 살벌하다
나무속이 우지끈 꺾이는 소리
사람의 길에 무너지며
그날 밤 귀청 아프게 용대리 들판이 요란 요란 울린다

나무와 사람이 울퉁불퉁하게 껴안는다.

겨울, 설악 바람

누굴 찾아다니는 것일까
서릿발 치는 한(限) 온몸에 휘감고
저 괴귀 저렇게 으스스 으스스 울어 대는가
무슨 혐의라도 잡고 있는 듯
이제는 내 손으로 잡겠다는 듯
구급 외마디를 위험스럽게 윙윙거리며
이 악물고 설악을 샅샅이 뒤적이다가
시인의 창을 긁고 집 지붕들을 뜯어내듯 하구나
무너지는 소리 와자하고
저게 누굴까 누굴 찾아다니는 것일까
잉잉 윙윙 히이이이힝 설악을 잡겠다는 것인지 시인을
잡겠다는 것인지
오늘은 잡고 말겠다고 천 개 손톱을 휘두르는
저 난장 경(經)이 무엇일까

나는 방에 누운 채 잡히나 보다
등덜미가 서늘하다
내 안의 협잡이다.

갑옷을 입은 호랑이 떼들일까

하늘이 통째로 훌렁 빠지듯 밤새 비 내리고
저 물소리 멀리서도 젖는다고 간단히 말하지 못한다
칼을 찬 이순신 장군이나 김좌진 장군의 생생한 전투
모습으로
적의 목을 쳐 두 손으로 깃발처럼 높이 들고 말을 타고
달려오는
승자의 우렁찬 군가 같은 저 물소리
만해마을 409호실은 부처도 없고 만해도 없고 물소리만
낭자하다
해서 몸이 성한 곳이 없다

아니다 칼이 지나간 자국을 만지다가 호랑이 발자국이
온몸을 찍고 간 것을 알았다 산속 호랑이 떼들
목을 쳐 흐르는 피 냄새를 맡고 이것들 미친 듯 넓은 개
울을 가득 메우며
달려온 것이다 동물의 왕국에서나 보았던 광야의 호랑
이 떼
피 흘리며 끌려가는 인육을 겨냥해 거리의 불빛을 이글
거리는 눈알에 박아 넣고

호랑이 떼들 앓는 몸을 밟고 지나갔구나, 해서 몸이 다
찢겨져 버렸다

결코 쉬는 법이 없는 저 물소리
칼을 든 장군들의 싸움인지 서너 달 굶은 호랑이 떼들
의 광기 어린 출몰인지
읽어 내려 봐 지난 생을 뒤적여
칼과 칼이 부딪는 내력을
눈 시퍼렇게 뜨고 흐르는 저 갑옷을 걸친 무리들의 행렬
구호가 딱 한 소절이다
단순하지만 우직하고 한길만 가는 그래서 무슨 연유로
수 세기를 저렇게 돌바닥을 온몸 쳐 흐르는 저 물소리
아무도 알아듣지 못하는 염불 소리

늑골이 푹 파인
그 소리 따라 오늘 밤 호랑이 품속에서 잦아지겠네.

두 개의 손*

너는 그렇게 왔다

사막을 지나 다시 사막으로
다시 사막을 지나 다시 사막으로
모래바람 살 허물고 뙤약볕 뼈를 조금씩 허물어
두 발 헐어 너덜거려 불길 속 맨발 끌기의 속도로
밤이 오고 다시 아침이 오기까지
제 몸속의 피라도 빨고 싶은 목마름으로
다시 사막을 다시 사막을 질질 끌며
발가락뼈 이미 녹아내리고 온몸 사막의 입에 물어뜯겨
그래도 가야 한다고
오직 정신 하나로 여기 도달하였으니

나는 그렇게 왔다

원시림을 지나 눈 시린 히말라야 산맥
목숨 들고 오지 않으면 들여놓지 않는
영험한 설산 정상을 넘어
길 없는 눈 속을 목까지 푹푹 빠지며 이미 목까지 다 언

침묵의
　　칼날이 목을 베는 바람의 날〔刀〕 위를 건너

　　심장의 박동 소리라도 한 줄 꺼내거나
　　등뼈라도 한 줄기 뽑아내거나 해서
　　뒤뚱거리는 동상(凍傷)의 검푸른 몸을 바로세우며
　　그래도 가야 한다고
　　오직 그리움 하나로 피를 돌리며 여기 나 왔으니

　　모든 육체는 찢기고 썩어
　　오직 두 개의 손으로만 하얗게 만나
　　우주 속 대성당 하나를 이루었으니.

* 로댕의 작품 「대성당」을 보면서.

겨울 산

문이라는 문은 다 닫고 드는 길도 모두 지워
희고 큰 보자기로 산을 한 뭉치 싸맨 것같이 보인다
설산의 위엄으로 빛나는 오대산의 신전 같은 백덕산
저 하얀 보자기를 신이 달랑 들고 갈 것인가
신비는 근접하기 어렵지만 문 없는 저 안에 누가 있을까
눈이 쌓여 벌써 며칠째 길이 단절된
너무 하얘 공포스러운 은빛 보자기 속을 기어오른다
반쯤 몸을 산에 내어 주다가 내친김에 온몸을
산속으로 밀어 넣는데 거기 날 받는 손이 있을 것인데
무슨 일로 의기투합해 한 덩어리가 된
억세게 끌어당겨 더욱 하나가 될 수밖에 없는
겨울 산 혹한 속엔 서로 앙칼진 포옹이라도 해야 하는
것인가
다 얼어붙어 너도 나도 없는
내 발자국 소리까지 끌어들여 얼음은 더 두꺼워지는데
시퍼렇게 날 선 바람이
베인 귀를 다시 베어 가고 납작 엎드렸는데
어느 곳이나 살아 있는 것은 정지되지 않아
더 깊은 결빙의 지역으로 올라가고 있는데

산이 더 꽉 조이며 땅속까지 울리고 과도한 침묵도 얼어
터져 폭죽 소리를
　내는 겨울 산.

막고굴 1001호

돈황 막고굴 1001호에는
17호처럼 혜초의 왕오천축국전도 없고
275호처럼 미륵보살상도 없다
검게 타 버렸지만 빛과 윤이 나는
누란의 미녀 미라처럼
까맣게 탄 너와 나의 검은 뼈만 누워 있을 뿐이다
1600년 전에 금기의 사랑으로 세상 등지고 들어간 막고굴
천불동이라 말하지만 누구도 아직 문을 열지 못한
1001호가
저 막고굴 심장 속에 아직도 뜨겁게 살아 있다는 것
성냥개비 같은 너의 오른발이 내 머리카락 같은 왼발에
슬쩍 올려 있는
천년 넘은 미라
저 신비로운 막고굴이 생존한 사연을 혜초 때문이라고들
하지만
혜초는 우리에게 죽어 까만 밤이 천년을 넘어도 식지 않
을 것이라고
우리 사랑을 눈감아 주었던 사람
명사산 고개를 낙타 끌다 만난 서역인이던가

아 천년 다시 천년

들어가면 나갈 수 없는 타클라마칸 사막에는

너와 나의 발자국이

막고굴을 향해 지금도 살아 있다는 것을 알지

막고굴 1001호

나란히 아직도 천도의 불속에서 타고 있는 그 사랑

천년 기지개를 쫙 펴고 손잡은 채로 벌떡 일어설 것 같은.

나의 적막

너를 구름이라 부른다
홀로 창문을 열고 하늘을 보면
너는 검은 안경을 걸치고 한바탕 주먹을 휘두르는
폭력 건달로 보이는데
오늘은 어느 곳을 분탕 칠 것인가
너의 살집에 면도날을 살짝 대니 검은 피가 쓰윽 배어
나오는 걸 보면
너는 어느 숨은 덫인가
어느 저녁에는 굵은 빗줄기로 더 강한 주먹을 날리는데
그 주먹에 온몸을 내어 주는
오늘의 적막을 하얗게 손수건 한 장으로 줄여
핸드백 속에 넣어 버리지만

몸의 토질에 맞는 것은 역시 적막이다
노면 불량의 길을 걸어와
천 개의 미투리 다 헐고
거리에 두 발도 다 흘려 버리는 날
부적처럼 적막을 압축해 몸에 붙이면
폭력의 손도 어느새 순해져

살과 살이 섞여 잘 들어맞는 살
아픈 허리도 슬슬 풀어지는 듯

적막은 잘 숙성된 맛이다.

적막의 뿌리

영하 30도
세상의 모든 걸음이 멈춰 섰다
바람도 별도 달도 앞산 넘어오는
해도 다 얼어붙은 새벽 3시
어둠까지 얼어 아침은 오지 않을 것 같다
대신 벌 떼 같은 눈발이 어둠을 휘감아 도는데
눈발 하나 잡으면 겨울로 더 겨울로 겹쳐 눕는데
목을 차오르던 뜨끔뜨끔한 불덩어리도
사정없이 납작 얼어붙는 시간
하루 종일 엉킨 실 푸느라 허리 굽은 사람들은
이렇게 탁 멈춘 고립의 새벽에
얼음에 빌붙어
몸을 맡기는 허용에 길들어 있다
숨 쉬는 일 없이 딱 멈춰 백 년 갈 듯한
혹한의 침묵에서
적막의 밑뿌리를 본다.

고요 우묵하다

고요 우묵하다

안개 무리 자욱하다

평지 늪 깊다

한 발짝 내밀까 물러설까

이 경계에 침묵

고요

자박자박 깊어지고

혼돈 너울지고

안심(安心) 잦아들고

한 발 든 채 안개에 길 묻다.

압구정역에서 옥수역까지

수서역에서 3호선 지하철을 타고 세상 중심을 달리지
그래 달리지……
깜깜한 지하 땅속 깊이에서 고압선에 매달려 흘러가지만
그래 흘러가지만……
학여울역 매봉역 교대역 신사역을 지나면 압구정역이다
압구정역에서 옥수역까지는 동호대교를 건너가는데
그래 건너가는데……
세상의 중심을 지나가는데 지하 땅속 깊이에서
환한 햇살 눈부시게 쏟아지는 세상에 덜컥 올라서는데
그래 올라서는데……
저 한강! 햇살 부시지만 막 펴 든 어느 작곡가의 어지러
운 연습장인지
물 위의 물결무늬를 봐 강 건너는 사람들 마음 축소판
인지
그래 축소판인지……
오리들 흩어졌다가 다시 모이고 그중 어느 놈은 앞으로
만 가는데
저 음표 너무 높은 음이어서 목이 찢어질 것 같네
그래 찢어질 것 같네……

생의 가장 높은 음이 둥둥 떠 있네
아무리 작은 점도 그게 다 소리 내어야 하는 거지
그래 소리 내어야 하는 거지……
그냥 지나치는 음표는 없는 것이지 저 운율 무늬
곧 지하 땅속으로 다시 드는데
그래 다시 들어야 하는데……
강 한 번 건너는데 몸의 음표들 다 강 따라 흘러내렸는지
그래 다 흘러내렸는지……

지상에는 진땀 나는 음표들이 지워졌다가 다시 그려지
는 것인데……

물오징어

내 가슴은 뛰노라*

밤 11시
물 끓이고 그 끓는 유혹 속으로
물오징어를 삶아 건져
비명처럼 놀 같은 초장에 그걸 찍어 입안에 넣으며

워즈워스와 담론을 한다
아직도 가슴이 뛰나요?

동그란 팔찌 같은
말랑거리는 자전거 바퀴 같은 것을 입안에 굴리면
65도짜리 독한 세상 의문도 입안에 굴리면
밤새 국제적 시인과 슬그머니 손도 잡으려 한다

내 가슴은 뛰노라
나를 위장하기도 하지만
너무나 가슴이 뛰지 않아서
아니 아주 약간 뛰려고 하는 것 같기도 해서

오늘 밤은 워즈워스를 불러 가슴 뛰는 이야기나 하려고
물오징어 한 마리를 다 바닥내고
워즈워스와 한잔에 취하고는 가슴이 뛰는가 정말 가슴
이 뛰는가
워즈워스의 가슴을 치면서 물오징어를 씹으면서……

* 워즈워스의 「무지개」에서.

북엇국

뜨거울수록 시원한 것
이런 묘미 하나를 한 솥 끓인다

수행은 만만치가 않아서 천 번 고비를 다 넘긴 후에도
다시 만 번 몸을 끓이네 한철 얼었다 녹고 얼었다 녹으며
짜디짠 바닷바람을 뻥 뚫린 입으로 다 마셔
몸에 단단히 쟁여 다시 얼었다 녹아 건조된
마른 명태를 탁탁 두드려 북엇국을 끓인다 그러면
천 개 재를 넘고 만 개 탑을 돌고
삼천 배는 능히 하는 것이어서 이 몸으로 가 닿을 수 없는
수행은 이미 이 솥에 펄펄 넘치는 것
허나 무슨 허심을 들켰는지 우르르 끓어오르는 거품이
민망하여
얼른 한 국자 들어낸다
욕심이 과했나 수행을 마시려고 했다 훔치려고 했다
부르르 거품이 끓어 넘쳐 다시 한 국자 들어낸다

뜨거운 맛을 봐야지 몸을 내던지고 맛을 내는
제 몸의 한철 겨울의 고문을 풀어 놓는 황태의 증언을

맞짱 뜨다가
  견디거라 견디거라 견디거라
  한겨울 덕장에서 납작 엎드려
  뼈까지 오그라들어 순해진 법문들의 메아리
  펄펄펄 뛰는 푸른 가스 불 위에서 시원하게 끓고 있다
  수행은 고되고 시원한 것 아니냐며……

살림하는 바람

창을 열면 된단다
간밤 고된 침묵으로 엉긴 먼지들도 춤추지
새벽 두 시 33분쯤에 두 시간 33분을 캄캄한 침묵 안에
웅크려 앉아서
울먹인 그 소리 없는 소리들도 몸을 흔들어

아침에 창을 여는 일은 축제다
이 막중한 일 때문에 나는 살아
여는 일은 스스로 열어야 열리는 것
바람, 바람이 안으로 들어와서는 어둠을 경쾌하게 흔들
어 깨우고
어린 화분들을 어루만지지, 꽃들을 피우지, 꽃들을 살
리지
누가 이렇게 기다린 듯 안으로 들어오나
새벽의 가장 맑은 이슬을 가지고 들어와
거실을 쓸고 흐트러진 신문들을 한쪽으로 몰아 놓고
아침 식탁에 깊은 우물에서 길어 올린 사랑을
맑은 접시에 담아 놓곤 하지
날 보고 먹으래, 어느새 간밤 어둠이 말끔히 사라졌네

"먹으라니까" 하고 속삭이면 "알았다니까" 대답하며 웃지
살아나지, 춤추지, 바람과는 춤추어야 해

바람은 나의 밑천
날 살리는 살림.

키스

경기도 파주시 문발리에서 수서동까지 시집 하나가 걸어왔네

시집 든 봉투가 다 해어져 절뚝거렸네

우표딱지며 너와집 같은 글씨체가 시집을 지키고 왔을까

가끔은 파주 바람을 만나 소식도 듣고 자유로나 행주대교에서

봄을 업고 놀기도 하면서 한강 물에 시 암송 하나를 간드러지게 선물하고

올림픽도로에서 먼 발치의 도봉산을 기웃거리면서

그렇게 꼭 와야 한다고 그래야 한다고

문발리 시집 하나가 비 오시는 날 반쯤 너와집이 찢긴 채 도착해서는

반갑게 웃는 얼굴에 맨몸으로 안기면서

입술에 몸을 던졌네

시집 키스.

모자

여왕 60년을 기념한
영국 여왕의 사진을 본다

나보다 열 살도 더 먹은 여왕의 모습이 아름답다
대한민국의 여자 시인도
거울 앞에서 모자를 써 본다

보석은 달려 있지 않지만
나의 모자 쓴 모습도 아름답다
그 보석 달린 모자와 내 모자의 차이는 값이 아니다
두 모자의 걸어온 길이 다를 뿐이다
나도 나를 여왕이라 불러 준다

옛날 우리 배우 중에는 눈물의 여왕이 있었다
여자의 몸이 여자의 영혼이 눈물이라는 걸 보여 준 배우
눈물 펑펑 쏟게 한 눈물의 여왕
이제 눈물은 여왕이 아니다 이제 보석도 여왕이 아니다
여자의 가장 큰 지위는 여자의 이름 위에 인간을 올려
놓는 일

영국 여왕의 모자 위에는
세계 여자들이 아슬아슬 오르는 탑이 있다.

일박

　백담사에 짐 내린다 짐 내리는 시간이 반생이다 짐 오는 데 백 년 떠나는 데 백 년인가 그 짐 너무 오래 걸려 어깨 푹 파였다 파인 골짝 사이 백담사 계곡물이 출렁인다 그 물소리 베고 잠든다 흐르고 흐르는 속도 급행이지만 짐이 떠내려가는 속도는 애타게 느리다 잠의 깊이에 느린 무늬가 있다 오늘도 그 짐 내리는 데 하룻밤, 그 하룻밤이 포개져 다시 짐이 되는 백 년이 간다.

압축

온 길과 갈 길이 서로 부딪는다 하여 안에서 와장창 천
둥 친다
이슬방울 하나 터지는 새벽 내 안에 내가 깔린다
나는 납작해지고 귀는 더 넓어진다
처음 보는 쇳덩이 쩍 갈라지고 그다음 고요가
발등 위로 쉬익 뱀처럼 지나간다
그때 빛 하나가 몸을 푼다
그 빛! 아찔하여 눈 질끈 감는다
무서움이라는 빛

잇속에 뭐 끼었나

폐 속에 뭐 붙었나

개운하지 않다

까끌거리는 소름 하나씩 뜯어내지만
머리카락 쭈뼛 비명조차 베어 쓰러트리는
그런 공포가 있다.

있다 없다 전설 같은 연애 하나

봄이 오면 녹아 버릴 거야

지금은
겨울 영하 20도
달빛 얼어붙은 밤에
두꺼운 외투 주머니에서 꺼내는
탁구공 같은 연애 하나
빈방에서 톡 톡 톡 튕겨 보는
전혀 변함없는 탄력성의 전설에
밤새 손을 쬐며 보낼 때
밖에는 광란의 바람 마른 가지 우지끈 부러지는 소리
명치에 와 박히고
만지작거리는 연애 하나 자꾸 어딘가로 흐르고 싶은 눈
치다

어디를 가려고……

톡 톡 톡 다시 달구어지는 탁구공 같은 밀어 신발을 찾
고 있는데

누굴 만나려고……

전설의 연애 하나
마음속에서 굴러 나와 장롱 밑을 어슬렁거리다
어느 마음을 더듬어 가려고
있다…… 없다……
없다…… 있다

기온은 더 하강하고
걸음 멈추고 빈방의 온도 영하로 곤두박질치는 시간
그 작고 단단한 연애 하나를
다시 외투 주머니에 푹 쑤셔 넣는다.

무너지는 소리 나는 듣지 못했다

진주 목걸이가 세월의 날에 툭 터져 버렸다
모두 어디에서 찾아올까
어느 알은 겨울 외투 주머니 속에서
어느 알은 포도주 잔에서
어느 알은 비행기 좌석 주머니에서

그래…… 오래전에 잃어버린 진주알은
지금 겨울밤 3시
바닥난 촛불 눈물에 구르고 있으리
어느 한 알은
얼어 곱은 너의 손으로 형상이 바뀐다
모른 척할 수 없는 세월이
다시 툭 신발 끈을 푼다
거기 아득한 바닷가 하늘이 터진 천장을 향해
눈물에 구워지는 진주알은
시간의 온기를 기억하려 크게 몸을 뒤집는다

맨발이라는 것을
이미 그 바닷가에 신발을 벗어 놓고 와 버렸다는 것을

거기 한 알쯤 진주알이 있을까

거대한 고독의 은유 코끼리가 바다를 거니는 나라

모래로 허기를 메우다가

바다 가장자리에서 잠들고 천둥소리 듣지 못했다

진주알은 구르고 지구의 구석으로 소리 없이 미끄러질 때

지구의 반쪽이 무너지는 소리 듣지 못했다

밤은 비어 있어

오늘도 진주알을 찾기 위해 지구의 밑바닥을 샅샅이 뒤지고 있는

이 불치의 겨울밤.

손톱 관리

　네 손톱을 깎아 주고 싶어, 그렇잖아, 손톱은 사랑 같아
서 세심하게 관리를 해 줘야 하거든
　손톱이 자라는 것을 보면 손톱 색깔을 보면 다 알아 네
감정이 어디로 분산되는지 네 말의 진실 농도의 수위를 다
알아 손톱을 보면 생각의 회로를 잘 알 수 있지 그래서 말
인데 네 손톱은 누구에게도 맡길 수가 없어 손톱을 다듬
는 건 네 몸을 다듬는 거야 흐르고 있는 네 시간의 무늬를
새기는 일이야 이미 내 안에 피의 못이 있잖아 네가 그리
울 때 혀를 적시는…… 그러니 네 손톱은 이제 아름다워야
해 사랑하면 손이 가야 할 곳이 많거든, 손톱이 너무 짧아
도 안 돼 성가시니까 부대끼니까 손톱이 짧아지면 우리 몸
짓은 어둔해 네 손끝이 얼얼하면 생략되는 일이 많을 거야
사랑할 때는 손이 날렵해야 해 까다로운 곳까지 갈 때도
있어
　네일숍엔 가지 마 적당히 뾰죽하고 적당히 부드럽게 미
리 관리할 거야 언제 손이 필요할지 몰라 갑자기 순간적으
로 안으로 들어와 필생의 무늬를 새기고 아직 이름을 얻
지 못한 몸의 내륙에 말발굽 소리 지나갈 때 웬 봄이 그렇
게 긴지 네 손톱을 관리하는 일은 사랑을 모시는 일이지

네 몸에서 뻐근하게 밀어낸 딱딱한 그 불응의 잔 부스러기를 모아 손 안에서 따뜻한 우주의 꽃 눈물의 유적으로 거뜬히 피워 내려면.

대장장이 강호인

전라남도 순천시 낙안면 낙안읍성의 새벽은
대장장이 강호인의 쾅쾅쾅 소리에 깨어난다
까치밥으로 남긴 붉은 감들이 새벽 여명을 밝히는
읍성 대장간 앞에는 수백 년 은행나무가 또 하나의 하
늘이다
그래 그래 다 안다는 듯
그 우람하고 마음씨 넓은 나무가 생기를 불어넣어 주는
것일까
시뻘겋게 달아오른 화덕에서 막 꺼낸 쇳덩어리를 치는
소리가
세상을 깨우는 신의 소리 같기만 한데
그 둥글넙적한 불덩이 쇳덩이가 금세 몇 개의 호미가 된다
인간문화재 84호 대장장이 강호인
웃는 모습은 청년의 기백이 흐르지만
세상을 보는 눈은 세상의 뒷골목도 훤히 보인다
난 쇠붙이를 두들길 때 제일 행복해
맺힌 가슴의 응어리를 풀 듯 쇠를 두들기면
낫이 되고 곡괭이가 되며 세상의 병든 뼈들을 캐내기도
하는 것

백 번을 내려쳐야 오래간다는 것

저 벌겋게 눈뜨고 타는 불꽃 앞에서

슬쩍 자기를 속이면 하루도 못 간다고 말하는 강호인

낙심하지 마! 우리가 지금 힘든 건 더 단단하게 만들려
고 하늘이 두드리는 거여!

어름사니 권은태

열 살 때 아버지의 손에 이끌려 광대가 된 권은태 씨

외할아버지 아버지 어머니가 다 광대인 권은태 씨

37년째 줄을 걷고 있는 권은태 씨

지금도 줄 위에 서면 몇백 번 떨어져 몸의 낙관을 찍었던

피의 흔적이 보인다 거렁뱅이 못난 광대라고

손가락질 창끝으로 살집에 꾹꾹 박힐 때 광대의 광대가

되기를

이빨 와자히 깨물었던 지난 30년이 보인다

겨울 야외 공터에 날선 칼보다 더 예리한 바람 속의 줄

을 타면서

차라리 죽자 스스로 떨어져 몸 쫙 금 갔던 그 세월이 보

인다 그 몸 치료할 돈 없어서 치자를 터트려 몸에 바르며

살았던 석삼년 가뭄을 흥건히 적신 눈물이 보인다

이제 바우덕이 풍물단의 주인이 되어

독일 월드컵 때 베를린에서 줄을 타 세계를 입 벌리게

한 권은태

세계적 어름사니*로 우뚝 선 권은태를 보았다

영화 「왕의 남자」에서 일명 발끝으로 코차기를 하던 대

역 권은태

외발로 걸었다 뒤로 돌았다 하는 묘기들을 이 세상에서 가장 많이 가진 권은태

공연 중에 재담 역시 구수하고 마음을 흔들어 놓는데

그래 그렇다 사는 것이 다 줄타기 아닌게벼…… 재담은 가슴을 꾹 찌르는데

녹록한 것이 어디 땅 위에는 있는 것인가

땅 위를 걸어도 넘어지고 떨어지는 인간들이 수북한 것 인디

줄 위에서 부채 하나 들고 이리저리 훌쩍훌쩍 뛰는 모습 이 땅 걷는 것보다 쉬워 보인다

떡하니 내가 물어보았지

나이 들면 이 줄을 어떻게 걷나요

허허허 권은태가 또 한 번 재담을 줄줄줄 풀어 놓는데

들어 보랑게 나이 들면 줄 위에 앉아 이렇게 입줄**이나 타는 것이제

입으로 하는 입줄도 줄이랑께.

* 줄 타는 것이 얼음 위를 걷는 것 같은 삶이라는 뜻.
** 줄 위에 앉아 재담을 연속적으로 하는 것.

풀피리 문화재 박찬범

새소리 물소리와 함께 자연 오케스트라를 만들어 가는
풀피리의 대가 박찬범
서울시 무형문화재 24호 풀피리 예능 보유자 64세 박찬범
그 사람 고향 친구인지 몰라 어린 시절
논둑길과 산길에서 풀을 꺾어 피리를 불어 본 적 있었지
입술 베어 본 적 있지
이름도 모르는 풀잎 꺾어 불면 다 악기였던 그 시절의
풀피리
　나는 진작 그 풀피리 버렸지만 세상의 풀은 다 꺾어 소
리를 내 보던 박찬범
　여덟 살 아버지를 따라 산에 나무하러 갔다가
　아버지의 풀피리 시나위를 듣고 옜다 세상에 태어나 풀
로 피리나 불며 살자
　그의 인생은 그것이 시작이었다 60년을 풀피리를 불었다
　초등학교 때는 먹지도 않고 학교 사흘씩 빠지면서 풀피
리를 불었다는
　아버지가 그 일만은 하지 말라고 장작으로 등짝을 후려
쳐도
　풀피리를 불어 입술이 터지고 터진 자리에 다시 풀피리

를 불어

그 입술이 천 번은 터졌다 피 흐르고 부풀어 오른

그 입술에 다시 풀잎이 물리면 입술의 한이 터지면서 입술 득음에 이른 박찬범

연하디연한 잎이 굳은 입술과 만나 내는 소리

가슴 쩡한 것이 뭣인지 가슴 울리는 것이 뭣인지 골 깊이 숨은 소리라는 소리를 다

끌어내는 그 소리가 풀피리 소리다

"이제 찔러도 피 한 방울 안 나옵니다"

그렇게 말하는 박찬범은 그 입술이어야 가냘픈 소리가 나온다고

두툼하게 굳은살 박인 입술로 말하고 있다

입술이 닳아지고 찢기는 만큼 소리가 깊어진다는

그 입술 앞에 밋밋한 입술 멋쩍다

백 번 천 번 찢기고 피 터지고 덧나야

한 맺힌 소리를 내는 그 입술은 감정가 10억이라고 하는데

누구나 다 풀잎만 있으면 소리가 나는 것은 아니구요

나뭇잎 옆으로 돌돌 말아 소리를 내는데요

두꺼운 잎은 불기가 힘들구요 금방 나무에서 딴 수분 머금은 나뭇잎이라야 하는데요

눈바람 비바람 바닷바람 맞고 큰 고난 징하게 맞은 귤나무 유자나무 잎이 악기로는 제일이라는데

아 풀피리도 고난 견딘 잎이 피리가 되는 것인데

박찬범도 전라도 영암에서 열여덟 살에 서울 와 미친 사람으로 경찰서에 끌려가기도 했구요 다시는 피리 안 분다고 작심도 했지만 푸른 잎이 돋기만 하면 미친 듯 입술에 대는 것인데 평생 요즘같이 행복한 시절은 없다는 박찬범

집 옥상에 연습실이 있어 밤낮없이 불어 대도 아무도 잡아가지 않는다는 것

2000년 4월 20일 서울시 문화재로 지정받아 국립국악관현악단과 협연을 하기도 한 박찬범

이제는 피리 물고 죽어도 한이 없는

바늘로 찔러도 피 한 방울 안 나오는 그 돌 입술에서 새어 나오는

가냘픈 잎새들의 속울음이 풀피리라는 것인데……

깊은 잠

푹신하겠다 저 녹음 위에 누우면 세상사 다 잊을 수 있
겠다

날 오라 하네 새들이 먼저 자리를 비워 주며 날고

헛딛던 마음은 새들의 날갯짓 바람 따라 오르는데

그 푸른 구름 위에 반듯하게 누우면 땅의 목소리 잠시
들리지 않는

하늘 낮잠을 잘 수 있겠다 시간은 아예 깔아뭉개고서

키도 몸무게도 묻지 않네 어디가 아프냐고 병력도 묻지
않네 가족 수도 묻지 않네

왜 혼자냐고 보호자를 찾지도 않네 안심이다 오래 장기
입주 가능하겠다

세상사 확 트인 궁궐 새의 지저귐조차

잠시 멈춘 잎들과 잎들이 뭉친 천년을 뒹굴어도 든든한

한 손으로 하늘을 끌어당기면 홑이불처럼 쾌적한 저 녹
음 침대는

한 번 눕는 데 생이 다 가더라도 어쩌겠는가 산 채로 땅
에서 멀어질 수 있다면

그렇게 그렇게 그래 순간 한 줌으로 한 번 눕는 데 수지
계산은 없다

다시 겨울

1

얼음 베개를 베고 자려느냐
완전 벗은 몸으로 거리에 서서
겨울을 입고 밤 지새는 겨울나무가 되려 하느냐
그렇다면 겨울도 벗겨 내거라
사납게 휘두르며 달려드는 혹한에
맨살을 맡겨 마구 쳐라 해라
남루한 의지를 기꺼이 던져 놓으리니
허공을 회 치듯 갈겨 오는 저 하늘의 회초리
그래 나 여기 있느니 빗나가지 마라

2

다시 겨울이 왔다 나는 매 맞는 중독자
내가 오르는 곳은 오대산 상왕봉 정상
무릎까지 차오른 눈 속을 걸어가면 뭉툭하게 살 저미는
강풍에 둬 번 먼저 쓰러진다 돌아서려다 어금니 물고 다
시 오른다 다시……
다시라는 말 입으로 하지 않고 피로 했다 늘씬하게 더
맞는다

몸을 후려쳐도 얼음 계곡 제자리걸음이듯 올라갔다 한 걸음 오르면

두어 걸음 더 뒤로 미끄러짐, 한 발자국에 한 생이 간다

왜 오르는가 때리는 겨울이 묻는다 터지기 위해서 저 겨울의 정상에 서서

성한 곳 없이 뼈가 툭툭 부러지게 매를 맞노라면

강철로 된 무지개*가 보일 듯 그 빛을 따라가노라면

나는 죽고 새로운 내가 저 다친 뼈 사이로

뾰죽하게 올라올 것 나를 묻고 새로운 내가 서서히 태어날 것.

* 이육사의 「절정」에서.

지나가는 것

한 아주머니가 긴 복도 저쪽에서
긴 막대 걸레를 쑥쑥 밀고 온다
한 손으로 핸드폰을 받고 입으로 껌을 딱딱 씹으며
발로는 이것저것 장애물을 치우며 가끔 웃고 때로는 무
표정하게
무조건 밀고 들어오는 탱크처럼 그 막대 걸레 아줌마
먼지를 밀고
쓰레기를 밀고 밀고 밀고 내 어깨 옆을 쑤욱 지나가는
그 순간
개울 지나가고 강 지나가고 바다 지나가고
봄 여름 가을 겨울 지나가고
한 무리 새 떼가 지나가고 한 무리 태풍이 지나가고
탄생과 죽음이 지나가고 지나가고 지나가고
화들짝 꽃들이 와르르 피고 주루룩 꽃들 떨어지며 지나
가고
걸레 아래서 무참히 지워지는 더러운 무늬들
무작위로 쳐들어오는 광고지 같은 소식들 뭉개지고
한 문장으로 말할 수 없어 더듬거리는 입술 터지고
거기 내가 잃어버린 시계 초침 하나 어디론가 쓸려 가고

귀 멍멍히 아스라이 빛 부스러기와 그늘이 멀어지고
쑤욱 쑥 밀고 내 어깨 옆을 무심히 지나가는
저 흰 구름들.

식당 풍경

용산 기차역 식당에서 내 앞에 마주 앉아 국수를 먹고 있는

한 쌍의 남녀, 마흔이 갓 넘어 보이는 남자와 여자는 조금은

누추하고 겉늙어 보인다 일터에서 잠시 몸을 빼 기차 타는

여자를 보러 나온 남자는 여자의 입에 자꾸만 국수 가락을

넣어 주고 있다 답례인지 여자도 국수 한 가락을

남자의 입안에 아 하고 넣어 주는데 킥킥 웃음도 함께

넣어 주는데 이마가 닿을 듯 말 듯 그사이 그들의 고된

생이 환하게 국물처럼 흘러내린다 여자의 국수 가락

끝으로 깊은 강 하나가 쑥 뽑혀 올라오다 김 속으로 사라진다

든든하다 포도나무처럼 무릎을 서로 꿇은 채

사과처럼 익어 가는 저 풍경

무릎이 닳아 사막이

될 때 만난 사이인가 기운 인연이 다 터지고 엎지러진

물을 담듯 서로 만난 인연인가 눈을 마주하고 얼굴을 마주하고

이마를 마주하고 운명을 마주하고 절대로 누가 먼저 돌아서지

않을 것 같은 저들 가난한 연인들에게 국수 한 가락 건져 올려

그들 목에 리본이라도 매어 주고 싶다

스타벅스에서

정강이가 닿을 듯 말 듯 거기 별이 태어났지
삐걱거리며
오도독 오도독 뼈가 부서지는 소리로
기어 기어 한 세기를 흘러왔지
찔리는 빛들에 어지러운 거리를 지나와
지하 스타벅스 모서리 좁은 의자에 마주 앉아
정강이를 부딪치며 절망을 애무했지
꽃빛 별들이 뚝뚝 떨어져 내렸지
별은 뼈로 만나는 것 녹아내리는 살은 강물에 띄우고
뼈로 부딪치는 것
서로 앞으로 기울어 놀라 내어 미는 혀로 부딪치는 일
느리게 느리게
아픈 곳을 바라보며 어루만져 주는 곳
저것 좀 봐 눈 부릅뜬 알들이 태어나네
서슬 푸른 의지들이 눈 비비며 깨어나
틈새 없이 붙은 정강이 사이를
깊은 생명으로 흐르네
비 벅벅 내리는 대낮에도 우루루 태어나는 별.

삼익떡집

휠체어 하나가 미끄러지며 새벽을 연다
삼익떡집 앞 겨울 새벽 5시
뿌연 김이 삼익떡집에서 우르르 거리로 밀려 나오면
밤새 허기진 어둠부터 입을 다시고
이른 아침인가 다리 절룩거리는 김씨도 획획 들이마시고는
간밤 취객이 던진 소주병을 정돈하고 있다
오늘 잘 걸을 것 같다
임대 아파트 황씨 할머니 하늘을 담은 야채 죽을
몸 성하지 않은 사람들에게 나누어 주는 시간
떡 치는 소리는 점점 더 커지고
다시 펑 김이 거리로 쏟아져 나오는데
떡 한 판은 지나가는 사람들이 입맛을 다시게 내어 주는데 새벽 미사를 끝내고 나오는 내 발걸음에 가락이 붙는 시간
세상에서 제일 배부른 아침이 밝아 온다
귀가 부러진 사람끼리 서로 다독이는
삼익떡집 부근에는 마음부터 푸짐한 눈길 순한 사람들
누구나 햇살 받을 준비가 되어 가고 있다.

더 희극적으로

경복궁 뜨락에 웬 젊은 남자
엉덩이로 글씨를 쓰고 있다
앞에 앉은 아이 둘 손뼉을 치며 웃고 있는데
환한 봄날의 대낮
아빠는 김밥 두어 개 펼쳐 먹다가
그것이 왠지 쓸쓸했는지 한번 웃자고
그래 웃어 보자고 김밥 어설프게 씹으며
엉덩이로 글씨를 쓰고 있는데
경 복 궁……인지 대 한 민 국……인지 눈 물……인지
남자의 엉덩이가 봄 햇살에 풍금 치듯 꿈틀거리지만
경복궁 뜨락의 허공엔 문자 하나가 남지 않는다
문자 하나 남기지 못하는 남자의 엉덩이는 좌로 우로 무
엇을 그리고 있는지
더 희극적인 엉덩이로 속울음을 토하고 있는지 그렇게
하고 있는지
엉덩이로 말하는데 그 남자 구두 뒤축이 닳고 있네
이 세상사 입으로 할 말이 없어 엉덩이로 움찔움찔 지껄
이는데
저 엉덩이의 말과 관계없는 사람 어디 있는가

114

축 늘어진 엉덩이가 짜는 무늬가 내 마음의 균열을 복
사하고 있는

경복궁 뜨락의 봄은 오전에서 오후로 목이 쉰 채 막 넘
어가고 있었다.

이스라엘 고양이

갈릴리 호수에서 만난 얼룩 고양이
나자렛 예루살렘까지 따라와 얼룩거렸네

침묵으로
다만 얼룩 얼룩
뼛속까지 꿰뚫는 형형한 눈빛

피를 목격한
피의 그늘이 몸에 와 무늬로 살아난
저 얼룩
통곡의 벽까지 따라와 얼룩거렸네

울음이 잠시 얼룩에 머물렀을 때
몇천 년을 세상 훑어 온 눈빛
이스라엘에 은빛 햇살로 쏟아져 내리고
우는 사람들 속에서 나는 지난 통곡을
말린다 칼칼한 뉘우침의 젖은 생 말리기

골고다를 오르는 내내

옆을 얼룩 얼룩
가슴 뛰는 긴 시간을 업고 건너는 성모님.

선지 해장국

한 사내가 근질근질한 등을 숙이고 걸어간다
새벽까지 마신 소주가 아직 온몸에 절망을 풍기는
저 사내
욕을 퍼마시고 세상의 원망을 마시고
마누라와 자식까지 고래고래 소리를 지르며 퍼마시다가
누구를 향해 화를 내는지 두리번거리다 다시 한잔
드디어 자신의 꿈도 씹지도 못한 채 꿀꺽 넘겨 버린
저 사내
으슥으슥 얼음 박힌 바람이 몰아치는 청진동 길을
쿨럭쿨럭 기침을 하며 걸어가다가
바람처럼 선지 해장국 집으로 빨려 들어간다
야릇한 미소를 문지르며 진한 희망 냄새 나는
뜨거운 해장국 한 그릇을 받아 드는데
선지 한 숟가락을 물컹하게 입안으로
우거지 한 숟가락을 들판같이 벌린 입안으로
속풀이 해장국을 한 번에 후루룩 꿀꺽 마셔 버리는데
그 사내 얼굴빛 한번 시원하게 불그레하다
구겨진 번민도 깡소주의 뒤틀림도 다 사라지고
아이구 그 선지국 한 그릇 참 극락 밥이네

빈 해장국 오지그릇을
부처인 듯 두 손 모으고 해장국 수행 끝을
희디흰 미소로 마무리를 하는데……

수필

자질구레하다

손톱 거스러미와 옷섶 보푸라기가 일렁인다

잘 입은 정장에 단추 하나가 떨어진 것도 보인다

그 행간에 몇 개 염전이 산다

불가촉천민의 닳은 숟가락 보인다

가파른 언덕으로 리어카를 끌고 가는 등 보인다

지나치게 도도한 목을 꺾고 두 손을 모으고 생각에 잠
긴 사람 있다

맨얼굴로 정직을 쟁기질하는 농부도 보인다
그 너머 정겹게 오라는 손짓이 있다

그것을 지나야 한다 맨얼굴 아래 더 아래 다시 가고 다

시 가노라면

묵은 짐 내리게 하는 평안의 의자가 거기 있다

후미진 골목 가장자리 나팔꽃이 활짝 아침 열고

따뜻한 물속에 두 발 담그니

아 좋다.

철버덕

다리 위에서 한 여자가 철버덕 주저앉네
그 철버덕을 따라가노라면 한 생의 찌그러진
명암이 비명을 업고 달려가네
허공의 손짓이 숱한 금으로 흩어지는 두 손
두 손 말고도 깊은 금 온몸 무겁게 거느리고 있네
그 철버덕 해명을 멀리 갈 것이 있겠는가
지금 내 손바닥의 잔금들 수십만 대군의 패잔병 신음
길게 죽죽 울리고 있네
환장할 듯 달려들다가
피범벅으로 얼굴 째져 넘어지는 세월
그 철버덕 안에서
인조 속눈썹이 반쯤 떨어져 덜렁거리는 무안 참는
희극의 삶이
어느 때고 철버덕 여운으로 귀가 멍멍

입안이 너무 쓰다.

구름 시비

속살 깊어 뼈도 보이지 않는
맑고 투명한
잘생긴 화강암 같은 구름 한 덩이 슬그머니 내려
시를 새긴다
부드러운 암각의 글자들이 구름의 속살 비집고 들어가
한 줄 시에
한 생을 음각하고 있네
거기 생을 새겼으므로
수억 년 후에도 지워지지 않을 것
흘러 흘러 가고 있을 것
별마다 찾아가 노래 불러 주고 있을 것
저 하늘 구름 한 덩이
더 먼저 새긴 시인의 노래가 오다가다 사라져 버린다 해도
저 구름 조금 전에 새긴 시를 기억하지 못한다 해도
가령 그렇더라도……

강남구 신사동 먹자골목

강남구 신사동 먹자골목에는 늦은 밤 시 읽는 소리 들
린다
　하루의 피곤을 따르는 소리 취객의 탄식 소리 그 사잇길
시조 가락 나붓 어깨를 감싼다
　먹자골목에서 젤 못나고 젤 맛없는 음식은 시다
　칼국수 해물탕 낙지수제비집이 술렁거리는 먹자골목 거
리에
　어수룩한 땀이 쩍쩍 묻어나는 시 한 사발은 냉이무침보다
젓가락이 가지 않는 왕따 음식이다
　안은 어둡고 밖은 더 캄캄한 사람들
　어디선가 놓친 바람을 쫓는 사람들
　사랑이란 덩어리보다 그늘이 더 무거운 것을 아는 사람
들이
　먹자골목 푸른 아우성을 부딪치고 있는데

　비가 뜸하게 한 방울 두 방울 구름을 몰아가는 마음 안쪽
　어둠이 몰려올수록 발가락이 우는 소리를
　시조 가락에 슬쩍 올려놓고 길게 늘어뜨리는데
　그 가락으로 이 세상 헛헛한 손목 하나 잡기나 할 것인지

짜다 싱겁다 시다 맵다

신사동 먹자골목에는 먹어도 안 먹어도 배고픈 그 못난
시가

먹자골목에 방범을 서는데

아직 제대로 귀가 못한 슬픔들을 마지막 지하철 앞까지
데려다 주는데

시라는 생불 하나가 밤늦게 거리를 지키고 있는데.

허공에 걸린 그림처럼

황현산(문학평론가·고려대 명예교수)

신달자 시인의 시는 내게서 오랫동안 멀리 있었다. 그것은 내가 정신이 딴 데 팔려 있었기 때문이다. 나는 그적에나 이적에나 말에서도 삶에서도 늘 위험을 무릅쓰는 시들, 삶의 경계에서 삶의 새로운 실마리를 붙잡아 내어 거기에 새롭게 말을 걸려는 시들과 보조를 맞추려고 전력을 다하고 있었다. 많은 시들이 나를 비껴 지나갔지만 그것을 안타깝게 생각하지는 않았다. 그들 시의 삶이 늘 거기 있으리라고 믿었지만 돌아와 보면 반드시 그런 것은 아니었다. 삶을 완전하게 살려는 사람들이 자주 잊어버리는 이치와 같다고 할까. 철이 든다는 것은 만사가 늘 그 자리에 있는 것이 아니라는 사실을 깨닫는 데 있을 것이지만, 깨달았을 때는 이미 늦었을 때다. 그래서 어떤 회한으로 이 원로 시인의 삶에 대한 긴 숙고의 시를 이제 읽게 된다.

두 손을 오래 포개고 있다가 서둘러 한 손을 들어 올려 어디선가 문득 시를 끌어내리는 사람은 우리를 놀라게 하지만, 두 손으로 만지작거리는 말들이 모두 시가 되는 사람은 우리를 즐겁게 한다. 삶이 그 손끝에 있듯이 시가 늘 손끝에 있다. 저 뼈를 부딪치는 싸움터에, 늦게 디딘 한 걸음이 영원한 패배로 이어지는 저 피 터지는 경쟁 속에, 근엄하면서도 불안한 얼굴로 무슨 대의에 봉사한다는 저 기치 아래 내걸린 삶은 사실 삶이 아닐지 모른다. 저 요란한 삶은 집 안을 청소하고, 입었던 옷을 빨고, 끼니마다 밥을 짓고, 아이를 키운다는, 어쩌면 뒷설거지처럼 보이는 이 작은 삶을 위해 존재하는 것이 아닌가. 이 진정한 삶에 정통한 손은 그 손가락 끝에 닿는 모든 말들을 시로 다듬어 내고 익혀 낸다. 신달자 시인의 수월한 언어들은 그 삶으로 우려 낸 깊은 맛의 국물을 느끼게 하지만, 그렇다고 그의 시가 생활의 일상적 감정을 전하는 데 머물러 있다고 미리 짐작해서는 안 된다.

그 살가운 손끝은 그의 방법론일 뿐이고 그 관심의 폭은 우리가 발 딛었던 땅의 모든 공간을 아우르고 그 기억의 깊이는 할아버지와 아버지의 시간을 거쳐 자식의 시간에 이르는 백 년 세월을 넘나든다. 거기에는 시인의 눅진한 가족사가 있고, 남편을 먼저 보낸 여자의 색 바랜 슬픔이 있으며, 아버지가 다른 자매들의 철학적 우애가 있다. 접으면 한 상 잘 차린 저녁 식사가 되고, 펼치면 한 동네와 이웃 동네를 다 불러 모은 잔치판이 된다. 접어도 이야기고 펼쳐도 이야기다. 그에게는 어디에나 시가 있고 어느 시간에나 있다. 삶의 실핏줄 하나하나가 이렇게 제 서사를 품고 있었던 적은 드물다. 가지 끝에서 시작한 삶의 공학이 둥치에 이르러 삶의 철학이 되고, 거꾸로 둥치에서 시작한 삶의 원경이 가지에 이르러 삶의 정교한 아라베스크가 된다.

그러나 제가 산 이야기를 다 적으면 소설 백 권은 된다고 말하는 사람이 시인이나 소설가가 된 적은 없다. 삶을 서사한다는 것은 원이 한으로 흐르는 비밀을 적는 것이며, 원과 한이 특별한 말이 되어 일어서는 그 이상한 속내를 변증하는 것이다. 시 「살 흐르다」를 읽는다.

거실에서는 소리의 입자들이 내리고 있다
살 흐르는 소리가 살 살 내리고 있다
30년 된 나무 의자도 모서리가 닳았다
300년 된 옛 책장은 온몸이 으깨어져 있다
그 살들 한마디 말없이 사라져 갔다
살 살 살 솰 그 소리에 손 흔들어 주지 못했다
소리의 고요로 고요의 소리로 흘러갔을 것이다
조금씩 실어 나르는 손이 있다
멀리 갔는가
사라지는 것들의 세계가 어느 흰빛 마을을 이루고 있을 것

거기 가늘가늘 소리 들린다

다 닳는다

다 흐른다

이 밤 고요히 자신의 살을 함께 내리고 있다.

　시는 거실의 낡은 가구들이 입자로 기화하여 사라지는
현상만을 말하는 것이 아니다. 시인이 말하는 것은 고요의
세계고 그 세계의 비밀이다. 날렵한 손은 그 나무들이 그
자리를 지키게 하려고, 그 모서리가 본디 가졌던 날을 언제
까지나 날카롭게 뽐내게 하려고 얼마나 애썼던가. 그러나
어떤 군건하고 근면한 의지도 물질의 법칙을, 아니 차라리
그 운명을 막지는 못한다. 균형을 이루고 있던 물질의 엔트
로피는 높아지고, 물질과의 관계에서 바라던 평화는 끝내
확보되지 않는다. 가구의 마모를 가리키는 '살이 빠진다'나
'살이 흐른다'가 말하는 것처럼, 그것은 삶의 돌이킬 수 없
는 손실처럼 생각된다. 그러나 평화는 예기치 않은 곳에, 그
평화를 위협하던 것의 모습으로 존재한다. "사라지는 것들
의 세계가" 이루고 있을 "어느 흰빛 마을"에의 투시는 어떤
초월적 포기의 가치를 지닌다. 가지려 하나 가질 수 없었던
것, 지키려 하나 지킬 수 없었던 것을 놓아 버리면서 끌어안

게 되는 내력이 그와 같다. 삶이 그 구질구질함에서 고요한 얼굴을 들어 올리고 시와 만나는 절차가 또한 그와 같다.

일제 말기에 태어나 올해로 일흔을 넘기게 된 시인의 삶은, 여기서 상술할 수는 없지만, 마냥 평탄했던 것이 아니었다. 그는 운명에 의해서건, 의지적 선택에 의해서건, 지극히 힘든 길을 걷는, "물위를 걷는 여자"였으며, 시 「턱」이 말하듯 "이마로 날파람을 격파하며 살아온" 여장부였으며, 시 「불 지르다」가 말하듯 "둥근 슬픔 하나로" 장미꽃을 세우기보다 "차라리 가시를" 세우고 "발포를 하듯 불을" 질러 "지구 하나"를 그 "이빨 사이에서 가루" 내려 했던 모험가였다. 그래서 감각은 늘 살아 있지만, 그 감각의 예민한 세련은 들숨 다음의 날숨처럼 저 초월적 포기의 순간을 자주 영접하며, 「먼 산」 같은 시가 그 리듬을 놓치지 않고 기록한다. "머리 밑으로 노을이 잘잘 끓는 듯 불길 일어도" 그 불길이 사라지는 것을 지켜보고 손 흔들어 주려는 여유 끝에, "아무것도 만져지는 것이 없는 시간조차 기척 없는" 하루의 끝에,

저 먼 산의
겨울 저녁은 밝다.

물론 이 밝은 빛은 떠나기 주저하는 것을 손 흔들어 보내는 안타까움이 절반이고, 그 안타까움을 지그시 바라보

는 시선의 초탈함이 절반이다. 안타까움과 초탈함을 연결
시키는 기제는 기억일 수밖에 없는 것이 기억은 안타까움
에 성찰의 지혜를 끌어오고, 초탈의 공간을 떠나간 자들의
혼으로 가득 채우기 때문이다. 시집의 첫머리 시 「내 앞에
비 내리고」를 적는다.

　　밤새 내리고 아침에 내리고 낮을 거쳐 저녁에 또 내리
는 비
　　적막하다고 한마디 했더니 그래 살아 움직이는 장면을 계
속 보여 주는구나
　　고맙다, 너희들 다 안아 주다가 늙어 버리겠다 몇 줄기는
연 창으로 들어와
　　반절 손을 적신다 손을 적시는데 등이 따스하다
　　죽 죽 죽 줄 줄 줄 비는 엄마 심부름처럼 다른 사람에게는
내리지 않고
　　춤추듯 노래하듯 긴 영화를 돌리고 있다 엄마 한잔할 때
부르던 가락 닮았다
　　큰 소리도 아니고 추적추적 혼잣말처럼 오르락내리락하
는 비
　　이젠 됐다라고 말하려다 꿀꺽 삼킨다 저 움직이는 비바람
이 뚝 그치는
　　그다음의 고요를 무엇이라고 말할 준비가 되어 있지 않다
표현이 막막하다.

기억은 빗줄기를 바라보며 마음이 이완된 자의 바닥 마음을 가득 채운다. 다시 소생한 삶들이 거절할 수 없는 방식으로 찾아온다. 시공은 걸어갈 수도 손을 저을 수도 없을 만큼 높은 밀도를 지닌다. 저 오르페우스의 신화에서처럼 고개를 한 번 돌리면 되살아난 삶들은 사라지겠지만 시인은 그럴 마음이 없다. 그 밀도가 해소되고 난 "다음의 고요"는 이 삶의 적막감인 동시에 저 세상 삶의 적막감이기도 하기 때문이다. 햇빛에 드러난 삶도 달빛에 젖는 삶도, 삶은 자주 팍팍한 모래밭인데, 신달자 시인에게서는 그럴수록 밀도 높은 시의 순간이 허공에 한 장 그림이 걸리듯 문득 치솟아 오르곤 한다. 신달자 시인은 어느 길목에서나 그 시를 만난다. 가구들의 살이 흐를 때 오래 고뇌했던 한 육체의 살도 흐르는데, 미뤄 둔 빨랫감이, 돌리다 만 청소기가, 분리수거를 기다리는 낡은 상자들이 푸른빛의 기운을 띤다는 것은 얼마나 신기한가. 신달자 시인은 두 다리와 두 눈을 지금 이 자리에 두고 살면서도 여전히 다른 것을 본다. 내가 그의 시집 발간을 기뻐하고 축하하는 이유가 그것이다.

지은이　　　**신달자**

1943년 경남 거창에서 태어났다. 숙명여대 국문과를 졸업하고 동 대학원에서 박사 학위를 받았다. 1964년 《여상》에서 여류신인문학상 수상과 함께 등단한 후, 1972년 박목월 시인의 추천으로 《현대문학》에서 재등단했다. 평택대 국문과 교수, 명지전문대 문창과 교수를 역임했다. 『봉헌문자』, 『아가』, 『아버지의 빛』, 『오래 말하는 사이』, 『열애』, 『종이』 등의 시집이 있으며, 『시인의 사랑』, 『너는 이 세 가지를 명심하라』, 『나는 마흔에 생의 걸음마를 배웠다』, 『미안해 고마워 사랑해』, 『여자를 위한 인생 10강』, 『엄마와 딸』 등 다수의 에세이집이 있다. 대한민국문학상, 시와시학상, 한국시인협회상, 현대불교문학상, 영랑시문학상, 공초문학상, 김준성문학상, 대산문학상 등을 수상했으며, 2012년 대한민국 은관문화훈장을 수훈하였다. 현재 한국시인협회 회장으로 활동 중이다.

살 흐르다

1판 1쇄 펴냄 2014년 2월 28일
1판 2쇄 펴냄 2014년 3월 27일

지은이 신달자
발행인 박근섭, 박상준
편집인 장은수
펴낸곳 **(주)민음사**

출판등록 1966. 5. 19. (제16-490호)
서울특별시 강남구 도산대로1길 62(신사동)
강남출판문화센터 5층 (135-887)
대표전화 515-2000 / 팩시밀리 515-2007
www.minumsa.com

ISBN 978-89-374-0823-6 04810
　　　978-89-374-0802-1 (세트)